《青春》杂志社 编

青春三行诗

我在中国矿业大学的日子

My days at China University of Mining and Technology

南京出版传媒集团 南京出版社

图书在版编目（CIP）数据

我在中国矿业大学的日子 / 《青春》杂志社编. 南京：南京出版社, 2025. 8. -- ISBN 978-7-5533-5542-9

Ⅰ. I227

中国国家版本馆CIP数据核字第2025W1B680号

书　　名　我在中国矿业大学的日子
编　　者　《青春》杂志社
出版发行　南京出版传媒集团
　　　　　南 京 出 版 社
社　　址　南京市玄武区太平门街53号
邮　　编　210016
联系电话　025-83283873、83283864（营销）
　　　　　025-83229542（文艺图书编辑部）

策划统筹　陆　萱　王　娜
责任编辑　王　娜　陆　萱
封面插画　张　驰　王雨秋
装帧设计　周伟伟
责任印制　杨福彬

排　　版　南京新华丰制版有限公司
印　　刷　南京艺中印务有限公司
开　　本　890 毫米 × 1240 毫米　1/64
印　　张　3.75
字　　数　76千
版　　次　2025年8月第 1 版
印　　次　2025年8月第 1 次印刷
书　　号　ISBN 978-7-5533-5542-9
定　　价　32.00元

编委会

主　编　李　樯　陆　萱

副主编　张瑞亭　姜　媛

统　筹　王　娜　柴　婧

编　辑　（按姓氏笔画排序）

陈　静　冯思维　钱家裕

王小渔　周　旸

绘画　陈华宇

目录

绘画　陈华宇

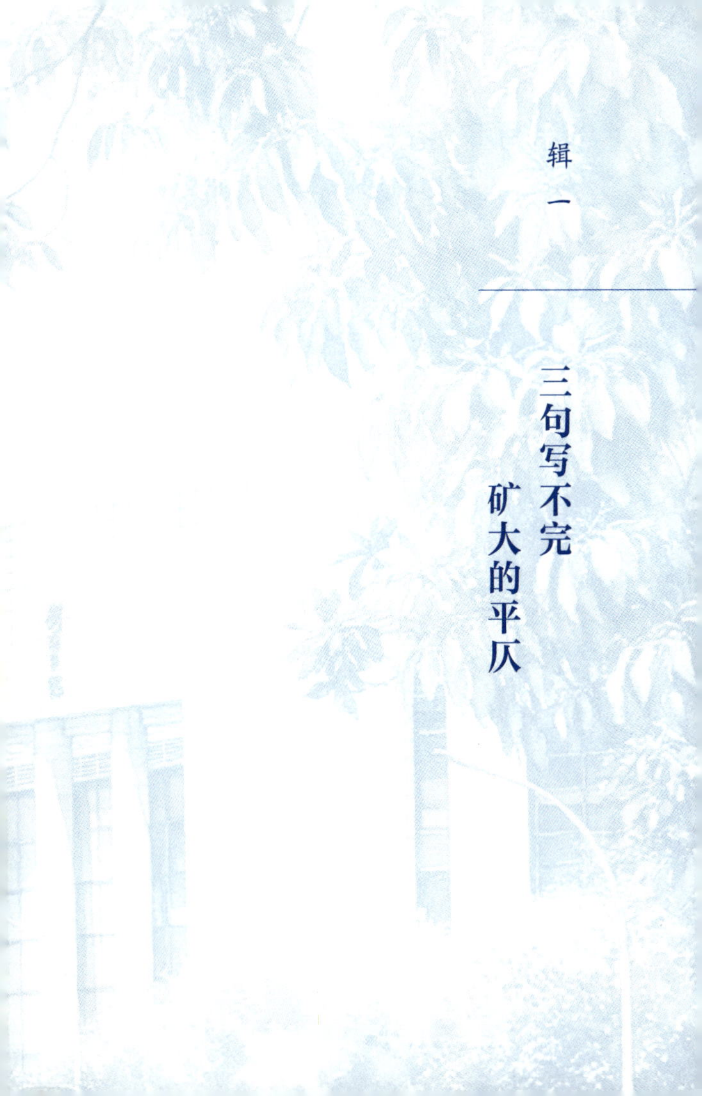

辑一

三句写不完
矿大的平仄

曾经的愿望

横斜的符号

总是浪费着稿纸——他说

这是博学楼旁的月季，是青春广场上的夕阳

数学学院 / 施佑霖

那些被“浪费”的符号，藏着怎样的青春秘密？

时间的缝隙里，有你的故事吗？

不知名夕阳

和焦作路矿学堂大门成一个恰好的角度

今天看是完整的清晨与黄昏

明天看却是百岁前后的呼应

教师 / 杜文博

无题

朝做花，夕成雨

买下一条樱花手链

就当留下了矿大的春天

人文与艺术学院 / 路莹莹

你有收集矿大的春天吗？

校园生活

镜湖铺成笔墨，

不显山打破沉默，

我们将青春镌刻在图书馆角落。

教师 / 王璇

矿大小南门

当夕阳攀上小南门的围墙
铁栅栏亲吻每一个二十岁的肩膀
如今在我生锈的梦里微晃

校友 / 高萌

集章页

年轮

岁月是 116 年前在焦作埋下的种子

时光是 20 年前从山村启程的孩子

希望是这个秋天从五湖四海汇聚的你们

教师 / 李明

如果为自己的青春画一幅画，

你会画什么？

无题

水粉在素描纸上留下笔笔重彩

夕阳照射在 A3 纸上

在设计学院绘画青春的模样

建筑与设计学院 / 闫祺

我在矿大的日子

四载光阴，好学力行凝成我心底诗篇

所见梅竹松桃，皆如你四时之颜

愿鹭岛风北去，带给你我的思念

校友 / 夏凡婷

矿大的哪一树花、

哪一缕风，

最让你舍不得？

无题

冬日暖气轻烘出课本的墨香

也悄然温暖我

于北方奔行的青春

公共管理学院（应急管理学院）/ 杨珍

集章页

教室

智能屏上光影舞，

窗外樱花映春光，

梦想从这里起航。

教师 / 李静

你想象过自己未来的模样吗？

你找到属于自己的丰饶之地了吗？

我在矿大的岁月

不小心已经过去了二十年

而我还在这里

就像你扔下行囊在一处丰饶之地，不再流浪

教师 / 杜文博

断不了

镜湖的水绿了又蓝，蓝了又绿

就像我和矿大的羁绊一样

总也断不了

数学学院 / 王宏伟

羁绊你的是青春独一无二

又真实存在的故事。

无题

不显山不露水

博学楼边展才学

如今才知乌金出深土

矿业工程学院 / 吕磊

集章页

校园

在窗台搅动银河

波心的微笑

灿烂了整个青春

环境与测绘学院 / 朴诚

我们

从路矿学堂出发

追赶太阳

成为光

教师 / 娄明阳

穿堂风

路矿学堂的穿堂风，化开

湖面流转了百年的指针与晚霞

转身，我们只是经过又走过

人文与艺术学院 / 何家政

无题

焦作路学堂里晨昏流转的时光

行健西路上四季更迭的光影

都在教会我保持好学力行、求实创新的态度

教师 / 董凯

在六月的离别里，你最想留住的是哪个瞬间？

毕业

镜湖的风不经意间吹到我的眼角

我看着模糊的行囊，叹了一句：

你让他把这六月的离别也带走吧

教师 / 弓海军

不说再见

黑袍如墨，学识蕴藏沉如矿；

蓝衫如湖，胸怀明澈映四方；

红袖如火，抱负燃亮新篇章！

教师 / 李晗杰

故事还在继续，我们
不说再见，好吗？

集章页

矿大·青春

牧鹅少女的琴声，引镜湖天鹅列队，

“行健天同功”的歌声伴能源科技尖兵逐梦，

矿大人永远的青春，永远青春的矿大人！

教师 / 赵鹏

终有一天我会回到你身边

起笔时只觉三年太短，三句太长

落笔时方知三句太短，三年太长

我只是过客，三句写不完矿大的平仄

信息与控制工程学院 / 杨凡靖

毕业时，你想在矿大留言墙上留下哪句话？

无题

九月初

风把煤渣吹成蝴蝶

飞进学子心中

矿业工程学院 / 夏玟芯

集章页

绘画　陈华宇

辑二

来时月和眼前星，落入同一片滚烫

澈

镜湖对着他的爱人——黑天鹅，揭下了他那
　幽深的面具。
他变柔了，柔如一款纱，
柔如一怀永世的依抱。

教师 / 邱雪玫

镜湖与黑天鹅也有一段

感人的故事吧？

星火

旧途漫过月光，

照见星河流淌，

来时月和眼前星，落入同一片滚烫

教师 / 何珍

集章页

无题

我在这不南不北的雨季

望见你北方的曙光

看见我南方的惆怅

人文与艺术学院 / 巫子昂

无题

可是现在不是古生代

我们不用跨越那沉积的海

守望只是简单的等待

校友 / 刘博睿

无题

黄昏赖在窗边不走

它说你的剪影

还欠我半杯温热的晚安

人文与艺术学院 / 林杏儿

累了，就停下来看看夕阳与飞鸟吧！

祝你越努力，越幸运！

无题

总要有秋天为冬天奠基

以丰收为伏笔

方能熬过寒冷

人文与艺术学院 / 刘子琦

致鸟儿

一夜无休止的雨

鸟儿找不到昨日落脚的花枝

于是向远方飞去

人文与艺术学院 / 范敏

未来的惊喜早已在你不
放弃的努力中埋下伏笔。

集章页

Life Experience

Life is like a school

Those who learn its lessons

Pass most of its exams with flying colors

国际学院 / Ernest Nii Laryea Amartey（阿玛雷）

谁在此刻拨动了你的心弦？

小花骨朵儿

嘀嗒，撞碎十点半的钟声

沁透了脚边的小花骨朵儿，我望向她

震颤，眼底的湖泛起涟漪

数学学院 / 刘晓颖

无题

朝霞里，天空是既定的事实

正午的烈日下，是已经晒干的梦

暮色下，明月帮我溶解明日的昨天

化工学院 / 石炳辉

集章页

无题

风不告诉我你的心声

只把我的思念吹拢

叠成白色信封层层

化工学院 / 赵存澎

纸短情长，大胆表白吧！

我们终将走进彼此的春天！

无题

玉兰落在路间

春日悄然再见

我在等下一个三月

人文与艺术学院 / 王佳绮

望

那天春风带雨，夜樱肆意的厚德路上

我们是否已悄然见完此生最后一面

但，只要踏上这彭城大地，就是回家

人文与艺术学院 / 钱家裕

无题

雨淋湿天空

划破天际

在我的二十岁留下雨滴

人文与艺术学院 / 庞家玉

无题

书包在肩上跳舞

夕阳把你的影子拉得好长

够得到明天

人文与艺术学院 / 彭依九

夕阳落在身后，给明天
捎了句什么话呢？

无题

寂静在书页间发芽

你翻动一页

整个春天落下

人文与艺术学院 / 彭依九

浪漫的人总能看见

日常中的小美好。

你的年少是否也这样呢？

蝉鸣

硬草扎着臀腿，像自由的针脚
哼唱混着外放，漫过无人的荒郊
蝉鸣燃尽岁月，我炽热地爱这年少

经济管理学院 / 张田田

Smiled,Nodded,Did It Anyway

They said "Don't do it"

I smiled,nodded,and did it anyway

Sometimes,the mistakes are where the real adventure begins

国际学院 / DONLAYA DEEDUANGPAN

（王雅婷）

集章页

无题

匆匆

是矿大的春夏秋

是我的青春在溜

人文与艺术学院 / 赵梦欣

你是否会在某个夜晚想起
曾经热烈沸腾的青春？

毕业后

辗转于不同楼宇的格子间

青春变成了月末的几个数字

你说，欢迎回到现实世界

校友 / 王俞宁

现实世界一定更加迷人吧？

晨昏交际

太阳被下课铃声惊醒，不知是梦醒还是梦深
它翻过身去，把光交给黑
拉上夜幕，也为星星让路

人文与艺术学院 / 王小渔

晨昏交接更迭，

你那边现在几点呢？

思考的意义

二十岁时思考人生

有美好，有忧愁

简单但真实，片面但必要

教师 / 李居铭

无题

离别的日子，

我恨不得将所有情绪挂满蒲公英的冠毛，

以此向世界宣告——我特别思念你。

教师 / 温智平

一个人也可以做成很多事。

无题

埋入一场雨里

身边滴滴答答的脚步声漾起阵阵涟漪

余我一人走进新的园地

人文与艺术学院 / 林雅瑄

无题

窗外有玉兰正垂钓

我捂住心口

怕将月色惊扰

人文与艺术学院 / 唐海淋

请享受此刻的独处。

无题

没有你的夏天又要到来

我站在去年的枯树下

等一场不会到来的雪

信息与控制工程学院 / 徐丝雨

你的心里埋藏着怎样的回忆呢？

你最爱的矿大美食是什么？

无题

仍记得你青葱模样，

青春三行，

何日写尽所愿所想？

人文与艺术学院 / 周旸

无题

柳絮般

不顾一切地四散飞走

他们说要去外面瞅瞅

人文与艺术学院 / 刘梦莎

记得常回矿大哦！

集章页

敬盛夏

留恋半空缱绻的云彩面包，

中意午后碰杯的冰镇汽水，

更痴迷于二十来岁的你。

人文与艺术学院 / 陈静

你是哪一年毕业的？

记忆中

记忆中，我们总是一簇一簇

镜湖畔，笑声织成夏天

如今，风吹过，散作一片无声的绿茵

人文与艺术学院 / 杨帆

无题

宇宙是浪漫与理性的集合，

我深爱人文与理工的融合，

也即这三行诗与她的作者。

孙越崎学院 / 邢琬卿

三行诗与她的作者一样浪漫吧？

落叶

轻轻捡起一片落叶，

仔细地夹进书中，

这书签便是求知的索引。

教师 / 刘培云

心界

透过窗，看见满天星辰；

推开门，路在脚下延伸；

迎风走，天地涌入心中！

教师 / 张长旭

兜风

我喜欢在晚上骑车兜风，蝉的聒噪还未来临

匀称的呼吸和晚风一起，让树叶沙沙地摇动

那一刻，天地万籁在与我合奏

电气工程学院 / 李梓豪

Time

Time is like an hourglass
Those who turn it mindfully each dawn
Let every grain of day fall into something
lasting

国际学院 / BAZOUM MAMADOU MAMADOU
（曼多）

绘画　王雨秋

辑三

花瓣堆成时光的欠条

春秋代序

花不败无果实

叶不枯无新春

从前的孩子成了现在的老师

教师 / 刘千晗

缘分的奇妙，本就是一首诗啊！

拾级

录取通知书上还烫着憧憬

作业本却开始泛黄卷边

而我，正把落叶踩成阶梯的声响

数学学院 / 徐晴

在理想学府拾级而上时，

你有着怎样的憧憬？

下一次出发，你想去哪里？

似水流年

我是一滴来自五湖的水

构成云龙山下镜湖的记忆

然后再次出发，以祖国大地四海为家

马克思主义学院 / 宣诗媛

集章页

雨夜账单

花开时你轻言待明朝

骤雨携风夜叩窗

花瓣堆成时光的欠条

教师 / 张琳

离你为自己定下的终点还有多远？

无题

要花些时间在路上

撞了北壁南墙

抵达才有意义

公共管理学院（应急管理学院）/ 张欢

无题

取件码在屏幕上滚动

像一封迟到的情书

我们终将拆开自己的远方

人文与艺术学院 / 张星月

当年写下的情书你会永远珍藏吗？

来华共晨昏

行李箱轮碾过同一晨昏

黑板上公式长出共同的根

细闻——风里飘着双语的春

教师 / 杨聪聪

很高兴，异国他乡的

我们在矿大相遇。

假如带着现在的回忆重返二十岁，

你最想做什么？

无题

铃声敲响，她走出了教室

黑板上写着“青春不散场”

铃声敲响，她走上了讲台

教师 / 陈艺璇

中秋

再后来没有频繁的寒暄

月亮由缺向圆

我寄的婵娟已飞过山海关以南

教师 / 刘千晗

集章页

无题

笑声撞碎晚霞

笔尖沙沙，把梦写下

风推着我们向明天出发

职工 / 邢新洗

集章页

毕业

毕业前

我握着青春的筹码

向年少的一无所有告别

人文与艺术学院 / 李宁

这是你独一无二的人生切面。

无题

银杏铺就成长的红毯

社团灯火点亮夜空斑斓

故事在教室与操场间悄然圆满

建筑与设计学院 / 李昕泽

今日宜见面，

希望你快乐。

无题

列车依旧呼啸而过

但是这次我在车上

是的，我又一个人出发了

人文与艺术学院 / 占富花

成为自己，拥抱你热爱的生活。

集章页

无题

镜湖的波光里叠满四载青春的书页

珞珈的松风间续写灯火与星斗的长卷

——此去彭城根作帆，江城浪里谱新章

校友 / 徐嘉曦

倔强

呼吸与清晨的风约定

心跳在东坡运动场沸腾

不屈在汗水中化作坡仙志

体育学院 / 刘全

祝你像风一样自由。

青春

球鞋碾过操场

蝉鸣交织盛夏

你我骄阳似火点亮未来

数学学院 / 赵凯乐

集章页

矿大书怀

当矿灯在鬓角燃亮，

梦想已深耕地心尽头，

我将以光为笔，点燃另一盏矿灯。

经济管理学院 / 朱勃屹

做一个主动走向自我的人吧！

好像我们都不擅长告别。

花期

每朵花都有自己的花期

告别了樱花、牡丹、蔷薇

现在该告别自己了

材料与物理学院 / 邓嘉颖

亲爱的，你不需要合群。

无题

社团招新的喧闹
与自习室的寂静交织缠绕
时光酿成独属于我的成长解药

建筑与设计学院 / 李昕泽

无题

微风，偏偏缠绕牧鹅少女的秀发；

阳光，悄悄爬上光明使者的火炬；

鬓添霜，意满怀，追云未可停。

教师 / 刘尧

“行到水穷处，坐看云起时。”

集章页

矿大印象

在南湖畔，知识的矿脉延伸，

青春与煤岩共谱，奋进和弦，

矿大人的征途，向星宇山川。

计算机科学与技术学院 / 付佳琪

捉迷藏

阳光藏于时间缝隙，我怀抱不愿丢弃的理想

在时间洪流中寻着出路

步履匆匆中偶然抬头，它便欢笑着跃入眼眸

经济管理学院 / 陈倪铭

无论如何，别只忙着追梦，

也要好好生活呀！

绘画　辛文昊

辑四

我拾起 不显山一桃红

我的足球 · 苏轼的月亮

飞起一脚

把足球踢进山麓的东坡运动场

云龙山头滚来一轮苏轼的月亮

校友 / 屈金星

无题

我该如何勾画汝之瞳，

是冬来梅花弄，是春水响玲珑，

是鹿鸣呦呦，而我拾起不显山一桃红。

公共管理学院（应急管理学院）/ 杜青青

矿大的守护者

黑天鹅撩拨镜湖

梅花鹿倚靠不显山

我游荡在猫猫之间像个精灵

力学与土木工程学院 / 周苏婉

你最喜欢矿大里的哪只猫猫呢？

那片夹在书本里的花瓣，

是否芳香依旧？

竹三旁的厚德路

厚德路是大名，樱花大道是小名

走过你的樱花瓣，于千百次馥郁中恍然

三月是春天，三年是青春

人文与艺术学院 / 柴婧

矿大的春

候鸟啄破湖面

我正把二十年的心事

装进一只空酒瓶

人文与艺术学院 / 李雨欣

故里也逢春

花开不是一道无根的钟声

而如澎湃雪降，在枕絮间生根

须臾漫山遍野，盈满每个梦呓归家的清晨

人文与艺术学院 / 冯思维

风与花的叙事诗

风一吹，整片花海都在奔跑，

像我们当年，追着光，踩着笑。

如今落花蹲在台阶上，数旧时的羽毛。

建筑与设计学院 / 芮浩瑜

在有风吹过的夏天，

你奔向了何方？

无题

雨水坠落天空，

树叶在竹苑长出枝条，

猫咪在默念我的名字。

人文与艺术学院 / 刘慧子

集章页

留诗于此，你是否记得

赠自己一枝荷？

无题

夏日的荷，漫天的星，
朝阳在手心焐热的日子，
我想，我要为矿大留一首诗。

计算机科学与技术学院 / 刘贝贝

归期似梦

暮色给群山披上薄纱

归鸟衔走最后一抹晚霞

路灯亮起时，正值归途

人文与艺术学院 / 任俊烨

集章页

梧桐树下

故乡未见的悬铃木

在校园里充满活力地生长

悬起的小球在心中回响

材料与物理学院 / 闫卓然

你还记得回到故乡
站台时的欣喜吗？

集章页

樱花邮戳

满树樱花簌簌飘落肩头

驻足或是漫步

四季都成浪漫借口

人文与艺术学院 / 王少天

无题

不显山夜的风，

知己桥畔的灯，

都曾见过我们。

信息与控制工程学院 / 徐婉宁

哪怕告别母校，也时常
想起矿大的角角落落。

礼物

黑天鹅为了庆生，把镜湖的涟漪挥洒至晴空

烟花炸开，太阳雨作为礼物

图书馆变露营帐篷，雨滴仿佛几只逃窜的猫

人文与艺术学院 / 查润晗

集章页

无题

山脉如巨龙般蜿蜒着

如金箔般的黄昏落下的第一缕光

是我与你的第一次遥遥相望

人文与艺术学院 / 宗志娟

你是否抓住了属于自己的光？

面向镜湖

天鹅继承黄昏的暖色

垂柳封装晚风的轮廓

而你是内心深处最温柔的寄托

计算机科学与技术学院 / 曹佳一

在夏天，

要明亮地生活。

别担心离别，

我们终究要走很远的路。

无题

当镜湖的风雨再次送来夏日波光

故事从树叶沙沙作响中轻起

等待着盛夏的离愁与别绪

信息与控制工程学院 / 谭巍征

图书馆

飞花交错在脚步中，
明月盘旋钟楼，
星辉之下，人影幢幢。

电气工程学院 / 王凯江

最晚一次走出图书馆是几点？

镜湖

明如镜面，满盛白浪涛涛。

我翻着旧日记，笑着补充：

形如镜框，映照学子莘莘。

材料与物理学院 / 刘雨东

你和谁一起在镜湖旁散过步？

绘画　辛文昊

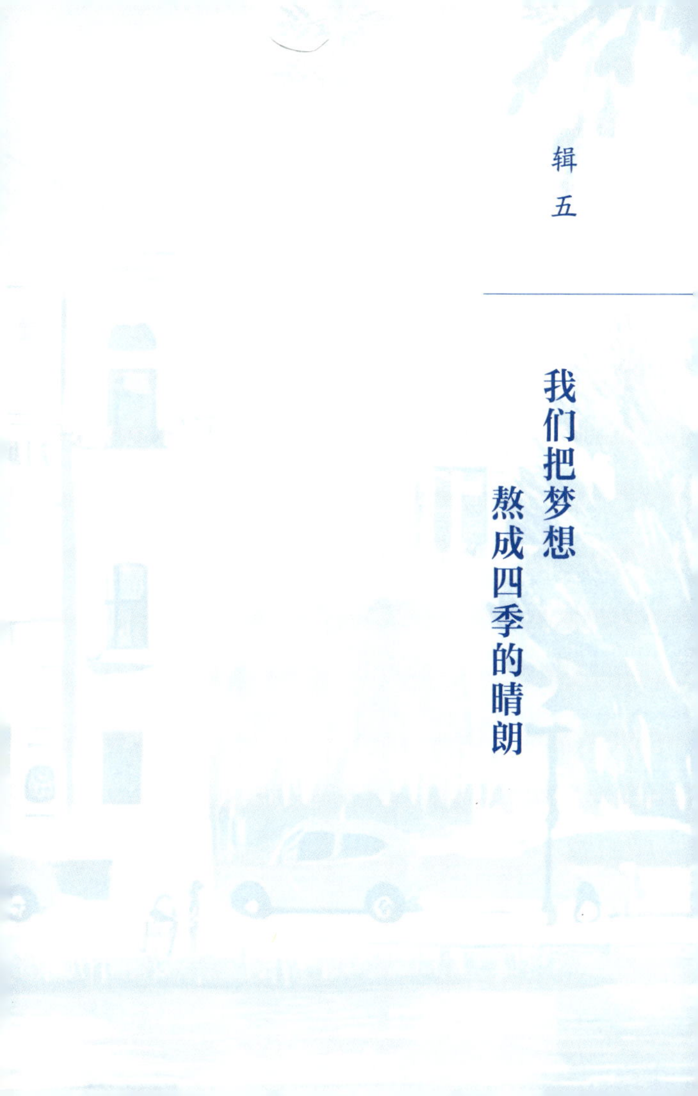

辑五

我们把梦想
熬成四季的晴朗

无题

风吹过以往的每一页

翻到我们第一次见面的那章

写着：欢迎新同学

校友 / 蔚鑫梦

你还记得第一次走进矿大时的心情吗？

做实验之余，不要忘了吃饭呀。

实验室之外

烧杯里的星光未及食堂热汤

公式在林荫道上长出风的形状

我们把梦想熬成四季的晴朗

化工学院 / 张茂桐

无题

分液漏斗静置着晨昏

轻旋活塞，淌出的

是矿大的岁月，和我未分层的热忱

化工学院 / 周书慧

集章页

无题

海棠花开满这里的春

实验室里的灯与论文同我共度晨昏

青春的种子在名为矿大的土壤中生根

材料与物理学院 / 朱义

论文进展顺利吗？

今天赶早八了吗？

早八手记

早八的闹钟按掉又响，

笔记在困意里越写越长，

青春，被装进四四方方的课堂。

计算机科学与技术学院 / 赵子惠

无题

教室的晚霞，晕染青春的画

图书馆的书架，发满青春的芽

同桌递来的纸条，写着年少的话

人文与艺术学院 / 王子栋

那张纸条上写了什么呢？

无题

少年心事的暧昧是潮起

高考结束的钟声是潮落

潮起潮落间，我们各奔东西

人文与艺术学院 / 齐雨佳

各奔东西的我们，是否还会再见？

时光里

阳光爬上堆满书本的窗台

那些没寄出的纸飞机

在记忆里轻轻摇晃

化工学院 / 刘鑫

我 仿 佛 又 见 到 十 八 岁 的 自 己 了 。

集章页

矿大的方程式

天平两端，砝码与矿石正交换着重量

通风橱里，气体在试管口开出隐形的花

我们演算着，把课本里的公式变成大地的答案

化工学院 / 李昭贤

宿舍泡面

红烧牛肉面在午夜沸腾，

轮流喝完最后一口汤时，

月光偷走回不去的青春。

环境与测绘学院 / 朱盈播

还记得和舍友一起追过的剧，

吃过的泡面吗？

你有什么话想与TA分享呢？

无题

偶得船票，

遇见夏日的荷、冬日的酒，

和永远说不完话的你。

计算机科学与技术学院 / 邓雅蕾

列车过徐州

窗玻璃映照出模糊的自己

四十年前的文昌校园生活

像窗外景色匆匆闪过，不再回头

教师 / 章毛平

那是你人生路上蛮好的风景，

终将伴你一生。

毕业照

夏天好热，我举起相机

眼睛比镜头更快定格的

是你十八岁时推门而入的笑脸

体育学院 / 杨文欣

最近有把毕业照拿出来看看吗？

无题

操场的风掠过空荡教室，

毕业照上的笑容还温热，

转身走进人海各自忙碌。

信息与控制工程学院 / 夏宇航

集章页

葡萄甜，阳光暖，年少时的

问题是否已有答案？

小时候

我想知道你小时候靠在第几株葡萄架下入眠

阳光又是怎么从你脸的一侧

渐渐吻到另一侧上

人文与艺术学院 / 刘扬

思

我站在春日的杏树下，

向屏幕那端的你诉说我的思乡情，

此刻，芬芳是否萦绕在你的身旁？

人文与艺术学院 / 尹硕韩

这份隔着距离的思念，

会抵达吗？

集章页

吾心安处亦为吾乡

开学时满载乡愁

毕业时又是乡愁

多了一家乡

信息与控制工程学院 / 周锦宏

上一次想家是什么时候？

黄昏

某天开始我也爱上了黄昏时分远望

天际处的余晖会淹死一只太阳

正是故土所在的方向

机电工程学院 / 史家琦

后记

留言墙

青春融于微末的点滴，又带着几分浪漫的荒唐。当我们用诗书写青春，才发现每一道纹路里，都藏着生命的热忱与光亮。轻展纸页时，便能听到整个青春在呼吸生长的声响，安静而有力。

——陈静

在读三行诗时，就像是听到自己的青春在沙沙作响。我们在同一片大地上书写自己的青春答卷，或迷茫，或怅惘，或不舍，或释然。四年时间里，我们都将矿大掰成碎片，藏在心里，也融入未来的坦途里。

纸短情长，三行写不完诗歌，写不尽情谊。愿大家在未来的时光，充满诗意，前程似锦。

——钱家裕

本次作为实习编辑参与《青春》杂志社的“青春三行诗”活动，感慨良多。无论是仍在积淀，还是欲赴远方，春江水暖，我们每个人都是诗人，都是春天里与草木花雨一样温柔、与矿木金石一样坚韧的，自在不息的生命。感谢每一次抉择与相遇，很高兴能为你我的青春留下共同的足迹。

谢谢你的诗。

——冯思维

我不擅长写三行诗，但当我看见这些精简的文字时，却始终动容。他们笔下的矿大与青春，不单是物理层面与时间层面上的，而是符号化了的矿大与青春。也许在某年，我们垂垂暮老，想起矿大，势必离不开一个美好的青春；也许在某月，我们把酒言欢，谈及青春，也势必绕不开一个多样的矿大。

——周旸

这些文字不是华丽的辞藻堆砌，而是真诚与青春本身。每一首三行诗的背后，都是一个不愿被忘记的瞬间。青春在这里不是宏大叙事，而是一把钥匙，打开每个人独一无二的小宇宙。

出书只是一个结果，真正的意义是我们用文字把这些青春的碎片温柔而坚定地留住了。等多年后我们再翻开这本薄薄的书，一定会笑着说："你看，那时候的我，多像一首诗。"

——王小渔

所谓多姿多彩，从来都不是轰轰烈烈的宣言，而是藏在每一个认真生活的瞬间里。真好啊，原来大家的青春从不是单色调的，矿大更为其增添了独特的光彩。

此刻，看着整理好的诗稿，我突然明白：青春或许无法同时拥有和感悟，但当这些真挚的文字汇聚在一起时，我们便共同创造了青春最好的模样——热烈而克制，短暂却永恒。

——柴婧

中国矿大我的家

作曲：隋星

作词：隋星　房华强

迎着九月温柔的秋风为理想而来

开始我们人生中最美丽最动人的精彩

亲人朋友的期待

同学老师的关怀

为我们营造一个崭新的舞台

操场上有我们英姿飒爽的身影

教室里有我们奋笔疾书的姿态

黑夜里有我们常常想家的眼泪

清晨醒来对着太阳大声喊

中国矿大我已长大　要展开翅膀带着梦想走天涯

中国矿大是我的家　无论走多远你都是我的牵挂

伴着夏日似火的激情扬帆起航

放飞我们人生中最绚丽最多彩的梦想

百年学堂的期望　幸福生活的渴望
为我们带来奋斗拼搏的力量
工作中有我们脚踏实地的足迹
岗位上有我们奉献青春的信仰
困难中有我们永远坦然的微笑
因为有个声音总在心底回荡
中国矿大我已长大　要展开翅膀带着梦想走天涯
中国矿大是我的家　无论走多远你都是我的牵挂
中国矿大我已长大　要展开翅膀带着梦想走天涯
中国矿大是我的家　无论走多远你都是我的牵挂
中国矿大是我的家　无论走多远你都是我的牵挂

致翻到最后一页的你：

窗外云卷云舒，

怀揣远方启程，

别忘了沸腾的青春、矿大校园的角角落落。

LIBRARY CARD

《我在中国矿业大学的日子》	
CUMT–2025	
每一位矿大人	
借阅人	借出日期
鹿小鸣　鹿小棠	1909
（请留下您的签名）	（请写下您与矿大初识之日）
借阅期限	永久

特别备注：青春永不褪色，矿大借阅卡为证